DAS PONY-TRIO

Maja ist verschwunden

Bisher erschienen:

Band 1: Ein Pony für Lucy

Band 2: Rico, mein Pony

Band 3: Hilfe für Charly

Band 4: Was wird aus Maja?

Band 5: Rettung für Rosalie

Band 6: Belinda und die neuen Ponys

DAS
PONY-TRIO

Maja ist verschwunden

Jeanne Betancourt

Aus dem Englischen übersetzt
von Anne Braun

Zeichnungen von
Milada Krautmann

Arena

Die Autorin dankt
Dr. Kent Kay für die medizinische Beratung
und Margaret Barney von der Broken Wheel Ranch
für den Unterricht im Western-Reiten.

In neuer Rechtschreibung

1. Auflage 2002

Aus dem Englischen von Anne Braun
Einbandillustration: Milada Krautmann
Titel der Originalausgabe: Pony Pals™ – Runaway Pony

Gesamtherstellung: Westermann Druck Zwickau GmbH
ISBN 3-401-05375-2

Inhalt

Wiggins Gutshof
Appamapog See
Strandbad
Feuerwehrmagazin
Nordstraße
Rathaus
Haus von Mrs Sanders
Hauptstraße
Haus
Stadtgarten
Obere Hauptstraße
Schulstraße
Bücherei
Grundschule

Das Städtchen Wiggins
2.564 Einwohner
Försterhaus
Scheune
und Stall
Mount
Morris
Haus der
Crandals
Tierklinik
Charlys Koppel
Verlängerung der Mudge Road
Riddle
Road
LiLac Lane
Haus
der Baxters
Majas Koppel
Farm
Mudge Road
Hauptstraße
Schnellimbiss
OFF MAIN
DINER
Olsons
Pferderanch
Crosshill Road

Maja ist krank

Lucy stand am Zaun und schaute zu Maja, ihrem Pony, das auf der Weide stand. Maja war krank. Ihr wunderschönes, heiß geliebtes Pony hatte eine verstopfte Nase, einen bösen Husten und Fieber. Hoffentlich geht es meiner armen Maja bald wieder besser, dachte sich Lucy.

Dr. Crandel behandelte Maja nun schon seit zwei Wochen. Er hatte Lucy erklärt, dass Maja Druse hatte, eine ansteckende Pferdekrankheit. Deshalb musste das arme Pony nun mutterseelenallein bei den Baxters sein, wo es keine anderen Tiere gab. Lucy tat es sehr weh, dass ihre Maja für die Dauer ihrer Krankheit von den anderen Ponys getrennt war. Denn sie wusste, dass Maja nicht gern allein auf der Koppel stand. Lucy tröstete sich mit dem Gedanken, dass Maja die Koppel und den Stall bei den Baxters gut kannte. Es war sozusagen ihre »alte Heimat«: Maja hatte früher einmal den Baxters gehört.

Es war kurz vor Sonnenuntergang und deshalb Zeit, Maja

für die Nacht in den Stall zu bringen. »Komm, Maja!«, rief Lucy. »Ich habe deine Box schon sauber gemacht. Gehen wir!«

Als das Pony Lucy mit einem Strick näher kommen sah, lief es davon. Lucy hielt den Strick hinter den Rücken und streckte die andere Hand aus, in der sie einen Apfel hielt. Sobald Maja den Apfel sah, kam sie brav zu Lucy getrabt. Und während Maja den Apfel aufaß, konnte Lucy den Strick am Halfter einhaken. »Entschuldige, dass ich dich schon wieder ausgetrickst habe«, sagte sie. »Aber es ist nur zu deinem Besten.«

Danach führte Lucy Maja in den Stall. Während sie das Pony bürstete, blickte Maja durch die offene Tür auf die Weide und wieherte leise. »Ich weiß, du vermisst deine beiden Freunde, Rico und Charly«, sagte Lucy mitfühlend. Maja stupste sie sachte an die Schulter. »Ich kann mir gut vorstellen, wie du dich fühlst. Aber als ich eine Grippe hatte, durften mich meine Freundinnen auch nicht besuchen. Da habe ich mich auch sehr einsam gefühlt.«

Lucy brachte noch etwas frische Streu in die Box, füllte das Heu in der Heuraufe nach und gab zwei Hand voll Hafer in den Futtereimer.

Während Maja fraß, las Lucy Dr. Crandals Eintragung auf dem Krankenblatt. Dr. Crandal war heute hier gewesen und hatte aufgeschrieben:

Freitag, 10 Uhr
Lungenfunktion besser.
Kein Fieber mehr.
Letzte Dosis Penicillin
Kann in zwei Tagen wieder nach Hause.
Dr. C

»Maja!«, rief Lucy erfreut aus. »Du darfst bald wieder nach Hause!« Dann schrieb Lucy auch eine Notiz auf das Pony-Krankenblatt.

Freitag, 17.30 Uhr
Eine halbe Stunde im Freien.
Mehr Energie als gestern.
Wollte nicht freiwillig
in den Stall zurück.
Fraß zwei Hände voll Hafer.
Lucy

Draußen hupte ein Auto. Lucy warf einen Blick auf ihre Uhr und wusste, dass es Belindas Mutter sein musste. Mrs Crandal hatte versprochen das Pony-Trio nach Milltown ins Kino zu fahren.
Lucy warf sich ihren Rucksack über die Schulter und verabschiedete sich von Maja. Maja begann zu wiehern und zu stampfen. Merkwürdig, das tat sie normalerweise nie, wenn Lucy wegging.
»Ich weiß, dass du nicht gern alleine bist, Maja«, sagte Lucy tröstend. »Aber du darfst ja schon bald wieder nach Hause gehen.«

Maja wieherte erneut. Einen Moment lang überlegte sich Lucy, ob sie bei ihrem Pony bleiben sollte. Aber eigentlich hatte sie sich schon so auf den Film gefreut. Das Pony-Trio redete schon die ganze Woche über diesen Kinobesuch. Die Hupe ertönte ein zweites Mal.

»Ich muss gehen«, sagte Lucy zu Maja und drückte ihr einen Kuss auf die weiche, warme Wange. »Bis morgen.«

Als Lucy über die gefrorene Wiese zum Auto rannte, hörte sie hinter sich Majas trauriges Wiehern. Sie hatte das Gefühl, ihr Pony wolle ihr nachrufen: *Lass mich nicht allein!*

Lucy öffnete die Tür des geräumigen Wagens und kletterte zu ihren Freundinnen auf den Rücksitz.

»Wie geht es Maja?«, fragten Belinda und Anna fast gleichzeitig.

»Wieder ganz gut«, antwortete Lucy.

»Mein Vater hat mir gesagt, sie dürfe am Sonntag wieder nach Hause gehen«, sagte Belinda.

»Wir können froh sein, dass die anderen Ponys sich nicht angesteckt haben«, sagte Belindas Mutter, als sie die Lilac Lane entlangfuhren. »Druse ist eine sehr ernsthafte Krankheit.«

»Ich finde es toll, dass Maja bald wieder heimdarf«, sagte Anna.

»Und dann können wir bald wieder Ausritte machen«, sagte Belinda. »Stellt euch vor: Bald wird alles wieder so sein wie früher.«
»Das hoffe ich«, sagte Lucy. Doch Majas trauriges Wiehern von vorhin wollte ihr einfach nicht aus dem Kopf gehen.

Der Schneesturm

Nach dem Film ging Mrs Crandal mit dem Pony-Trio ins *Off-Main Diner*. Dieser Schnellimbiss gehörte Annas Mutter, die hinter der Theke stand und ihre neuen Gäste freudig begrüßte.

Mrs Crandal setzte sich an die Theke, damit sie sich mit Mrs Harley unterhalten konnte. Die Mädchen gingen an ihren »Stammtisch« hinten im Lokal und schrieben ihre Essenswünsche auf einen Zettel. Sie bedienten sich hier immer selbst. Während Lucy und Belinda hinter die Theke gingen, um sich ihre Getränke einzuschenken, ging Anna mit den Sandwich-Bestellungen in die Küche.

Lucy fand es toll, wie gut das Pony-Trio zusammenarbeitete. Nicht nur wenn es um einfache Dinge ging wie zum Beispiel darum, sich ihr Essen im *Diner* selbst zu holen. Nein, es galt auch für größere Sachen, wenn es einmal ein großes Problem zu lösen gab.

Belinda und Lucy warteten mit den Getränken schon am

Tisch, als Anna mit den Sandwiches und den Pommes frites aus der Küche kam. Während des Essens schmiedeten die drei Freundinnen Pläne für den nächsten Tag.

Anna bot Lucy an, mit ihr am Morgen zu Maja zu gehen und ihr bei den Stallarbeiten zu helfen. Seit zwei Wochen ging Lucy nun schon zweimal täglich zu den Baxters, um ihr Pony zu versorgen. »Und danach machen wir alle zusammen eine kleine Wanderung«, schlug Anna vor.

»Ich muss morgen um neun ein Pony für die Reitschule meiner Mutter trainieren«, sagte Belinda. »Aber gegen halb elf könnte ich euch bei den Baxters treffen.«

»Eine Wanderung ist zwar ganz nett«, sagte Lucy. »Aber ich freue mich schon sehr darauf, bald wieder einen Ausritt machen zu können.« Dem konnten Belinda und Anna natürlich nur zustimmen.

Das Pony-Trio liebte die Ausritte über die Wiesen und durch die Wälder rund um Wiggins. Maja und Rico, Annas Pony, teilten sich eine Koppel und einen kleinen Stall hinter dem Haus, in dem Anna wohnte. Ein etwa zwei Kilometer langer Weg, den sie den Pony-Trio-Weg getauft hatten, führte von ihrer Koppel direkt zur Farm der Crandals. Dort gab es viele Ponys und Pferde, darunter auch Belindas Pony Charly.

Belinda Crandal war eine richtige Pferdenärrin und sie wusste auch sehr viel über Pferde und Ponys. Das meiste wusste sie von ihrem Vater, der Tierarzt war. Ihre Mutter war Reitlehrerin mit einer eigenen Reitschule und Belinda half ihr immer fleißig dabei, die Ponys zu trainieren. Doch nicht nur das – Belinda war zudem auch noch Klassenbeste!

Anna Harley hingegen ging weniger gern zur Schule. Das Lesen und Schreiben fiel ihr sehr schwer. Doch nicht, weil sie dumm oder faul gewesen wäre: Sie litt an »Legasthenie«, einer angeborenen Lese- und Schreibschwäche. Dafür konnte Anna sehr gut zeichnen – und sie war auch immer gut gelaunt.

Gute Freundinnen zu haben war gerade für Lucy besonders wichtig. Ihre Mutter war gestorben, als sie noch sehr klein gewesen war, und ihr Vater reiste aus beruflichen Gründen oft ins Ausland. Anna und Belinda waren schon seit dem Kindergarten dicke Freundinnen. Erst in der fünften Klasse war Lucy zu ihnen gestoßen. Sie war nach Wiggins gezogen, um bei ihrer Großmutter zu leben.

Anna reichte Lucy den Teller mit den Pommes frites. »Wie wär's, wir könnten für Maja eine Willkommensparty arrangieren!«, schlug Anna vor.

»Au ja! Wir zaubern für unsere Ponys ein Festmahl aus Hafer, Karotten und Äpfeln«, meinte Belinda.
Das Pony-Trio schlug begeistert die Handflächen aneinander. Eine Willkommensparty für Maja würde bestimmt sehr lustig werden! Lucy war froh, so gute Freundinnen zu haben.

Als Lucy am nächsten Morgen aufwachte, lag Wiggins unter einer dicken Schneedecke. »Ich hatte nicht damit gerechnet, dass es schneien würde«, sagte sie beim Frühstück zu ihrer Großmutter.
»Gegen Mitternacht fing es an«, sagte ihre Großmutter. »Es hat einige Stunden lang ziemlich heftig geblasen und geschneit. Der Wind hat mich immer wieder geweckt. Ich wundere mich, dass du nicht davon aufgewacht bist!«
In diesem Moment klopfte es an der Küchentür und Anna trat ein. Ihre Wangen war von der Kälte gerötet, doch sie strahlte. »Ich freu mich schon, dass wir heute den ganzen Tag draußen sein können!«, rief sie.
»Ich auch«, sagte Lucy.
»Brrrr . . .«, sagte Großmutter Sanders nur. Sie führte einen Frisörsalon, und gutes Aussehen war ihr wichtiger als Aktivitäten im Freien.

Lucy packte ihren Rucksack für die Wanderung, zog ihre dickste Jacke an und drückte ihrer Großmutter zum Abschied ein Küsschen auf die Wange. Draußen empfing sie ein strahlend blauer Himmel, und der Wind hatte sich gelegt. Lucy und Anna stapften durch den Schnee zur Koppel der Baxters.

»Im frischen Schnee herumzustapfen macht einfach Spaß«, sagte Anna.

»Maja liebt es auch«, sagte Lucy. »Sie wird Augen machen, wenn ich sie nachher nach draußen lasse.«

Die Mädchen bogen um eine Kurve der Lilac Lane und standen vor dem Grundstück der Baxters. Auf einmal wurde Lucy von einer komischen Vorahnung gepackt. Irgendwas stimmte hier nicht! Als sie näher kamen, sah sie, dass das Tor des Koppelzauns offen stand. Der Wind ließ es auf- und zuschlagen.

»Wer wohl das Tor geöffnet hat?«, fragte sich Lucy.

»Oh, die Stalltür steht auch offen«, sagte Anna.

Die Mädchen rannten über die Koppel zum Stall. Majas Box war leer.

»Vielleicht ist sie schon draußen und wir haben sie nur nicht gesehen. Schließlich ist sie weiß – und der Schnee auch«, meinte Anna.

Lucy und Anna rannten wieder nach draußen und blickten über die verschneite Koppel. Alles war ruhig. Sie konnten Maja nirgends entdecken.

Lucys Pony war verschwunden!

Keine Spuren

»Oh, Anna!«, rief Lucy bestürzt. »Wo steckt Maja?«

»Mach dir keine Sorgen, Lucy«, versuchte Anna sie zu trösten. »Wir werden sie schon finden.«

»Gestern Abend wollte sie unbedingt mit mir kommen«, sagte Lucy. »Vielleicht hat sie sich schon allein auf den Heimweg gemacht. Wer weiß, vielleicht steht sie schon bei Rico auf der Koppel.«

Anna schüttelte den Kopf. »Das glaube ich nicht«, sagte sie. »Ich hätte sie doch bemerkt, als ich Rico heute früh gefüttert habe.«

»Und auf dem Weg hierher haben wir sie auch nicht gesehen«, sagte Lucy.

Sie war kurz davor, in Tränen auszubrechen. Doch sie wusste ganz genau, dass ihr das nicht geholfen hätte, Maja wieder zu finden.

»Als Maja krank wurde, waren wir bei den Crandals«, sagte Lucy.

»Und wir haben sie von dort aus direkt hierher gebracht«, fügte Anna hinzu. »Folglich kennt Maja den Weg zu den Crandals.«

»Hm, vielleicht ist sie ja zu ihnen gelaufen«, meinte Lucy.

Anna deutete auf die Lilac Lane. »Schau, da kommt Belinda. Fragen wir sie!«

Anna und Lucy rannten über den verschneiten Weg zu Belinda.

Die drei Freundinnen trafen sich an der offen stehenden Koppeltür.

»Hast du Maja gesehen?«, fragten Anna und Lucy außer Atem.

»Nein, wieso? Ist sie denn nicht hier?«, fragte Belinda zurück und riss verwundert die Augen auf.

»Maja ist weggelaufen«, sagte Anna.

»Wann?«, wollte Belinda wissen.

»Sie war weg, als wir hier ankamen«, antwortete Anna.

»Wenn Maja weder nach Hause noch zu Belinda gerannt ist«, sagte Lucy verzweifelt, »wo ist sie dann?«

»Schauen wir mal im Schnee nach, ob wir Spuren finden«, schlug Belinda vor.

Die Mädchen suchten das ganze Gelände rund um den

Stall ab. Doch von Hufabdrücken war weit und breit nichts zu sehen.

»Das ist schon sehr merkwürdig«, meinte Belinda. »Hier liegen doch überall mindestens zehn Zentimeter Schnee. Wie konnte Maja weglaufen, ohne Spuren zu hinterlassen?«

»Sie muss weggelaufen sein, als es noch schneite«, gab Anna zu bedenken. »Oder vielleicht sogar, bevor es angefangen hat zu schneien.«

»Meine Großmutter hat gesagt, gegen zwei Uhr früh habe es aufgehört zu schneien«, sagte Lucy.

»Jetzt ist es zehn Uhr«, stellte Belinda fest. »Das bedeutet, dass Maja seit mindestens acht Stunden unterwegs sein muss.«

Das Pony-Trio blickte sich betroffen an. Die drei Freundinnen waren in großer Sorge um Maja.
»Vielleicht hat sie versucht, nach Hause zu laufen oder zu Belinda«, sagte Lucy, »und hat sich dann im Schneesturm verlaufen.« In Lucys Augen schimmerten Tränen. Belinda legte ihr tröstend einen Arm um die Schultern. »Mach dir keine Sorgen«, sagte sie zuversichtlich. »Wir werden Maja bestimmt bald finden.«
»Was, wenn sie sich im Sturm verletzt hat?«, sagte Lucy. Ihre Stimme zitterte. »Was, wenn sie ein Bein gebrochen hat?«
»Komm, Lucy!«, sagte Anna. »Schauen wir nach, ob Mrs Baxter zu Hause ist. Vielleicht hat sie Maja gesehen.«
»Wenn nicht, rufen wir die Polizei an. Vielleicht hat jemand gemeldet, dass er ein entlaufenes Pony gesehen hat«, schlug Belinda vor.
»Schaut!«, rief Anna in diesem Moment. »Mrs Baxter steigt gerade in ihr Auto.«
Aufgeregt rannten die drei Mädchen zu dem Auto hinüber und winkten, damit Mrs Baxter wartete.
»Maja ist fort«, rief Lucy. »Haben Sie sie irgendwo gesehen?«
»Nein«, antwortete Mrs Baxter ratlos. »Was ist passiert?«

»Sie ist weggelaufen«, antwortete Belinda.
»Oje«, meinte Mrs Baxter. »Die arme Maja. Ich habe jetzt leider eine Verabredung mit einem Kunden, der sich für ein Haus interessiert. Aber danach komme ich gleich zurück. Dann helfe ich euch bei der Suche.«
»Vielen Dank«, sagte Lucy. »Dürften wir bei Ihnen kurz die Polizei anrufen?«
»Natürlich«, antwortete Mrs Baxter. »Die Küchentür ist offen. Und die Nummer der Polizeistation steht auf der Liste mit den Notrufnummern direkt neben dem Telefon. Ihr könnt bleiben, solange ihr wollt.«
Die Mädchen gingen ins Haus. Belinda wählte die Nummer der Polizei und reichte den Hörer dann an Lucy weiter.
»Ich möchte eine Anzeige machen. Mein Pony ist weggelaufen«, teilte Lucy dem netten Polizeibeamten am anderen Ende der Leitung mit.
Der Beamte stellte Lucy eine Menge Fragen wie: »Welche Farbe hat das Pony?« und »Wie groß ist es?«. Dann sagte er: »Warte einen Moment. Ich sehe schnell im Computer nach.«
Lucy blickte zum Küchenfenster hinaus.
Sie sah die offene Stalltür und die leere Koppel.

Oh, Maja, dachte sie betrübt. Wo steckst du bloß?

Eine Minute später war der Polizist wieder am Apparat. »Auf der Route 41 wurde während des Schneesturms ein Hund von einem Lastwagen angefahren«, sagte er zu Lucy. »Und es gab auch zwei Anzeigen von Autos, die ein Reh angefahren haben. Doch von einem Pony ist keine Rede. Aber es ist ja noch früh am Tag«, fügte er hinzu. »Vielleicht kommt noch etwas herein.«

Lucy gab dem Polizisten die Telefonnummer ihrer Großmutter und legte dann auf.

Das Gespräch mit dem Polizisten hatte Lucy auf eine neue Idee gebracht, was mit Maja passiert sein könnte. »Vielleicht ist Maja von einem Auto angefahren worden«, sagte sie verzweifelt zu ihren Freundinnen. »Vielleicht ist sie verletzt oder . . .« Sie konnte nicht weitersprechen.

»Ich wünschte, Ponys würden ein Halsband mit dem Namen ihres Besitzers tragen«, sagte Belinda. »Falls jemand Maja fände, wüsste er sofort, wen er anrufen soll.«

»Maja ist ein so tolles Pony«, sagte Lucy. »Wenn jemand sie findet, will er sie am Ende behalten.«

»Das wäre immer noch besser, als wenn sie sich verlaufen oder verletzt hätte«, meinte Anna.

»Ich glaube nicht, dass Maja bei jemanden bleiben würde, der sie gestohlen hat«, sagte Lucy.
»Mach dir keine Sorgen, Lucy«, sagte Belinda. »Wir haben schon viele Probleme gelöst. Und dieses hier werden wir auch lösen!«
»Aber wir hatten immer gewisse Spuren, denen wir folgen konnten«, sagte Lucy. Sie zeigte zum Fenster und auf die verschneite Koppel. »Aber der Schnee hat alle Spuren zugedeckt!«
»Lucy, bist du nicht mit deinem Vater schon Tierfährten gefolgt?«, fragte Anna.
»Genau, daran habe ich auch gerade gedacht!«, sagte Belinda. »Im Spurenlesen bist du doch bestimmt einsame Spitze, Lucy!«
Lucy wünschte sich mehr denn je, ihr Vater wäre hier in Wiggins – und nicht irgendwo in Afrika. Mr Sanders erforschte wild lebende Tiere und schrieb Bücher darüber. Und Lucy hatte tatsächlich von ihm einiges über das Fährtenlesen gelernt.
Einen kurzen Augenblick lang schöpfte Lucy Hoffnung. Sie fand es immer toll, wenn ihre Freundinnen dieselbe Idee im selben Moment hatten. Doch dieses schöne Gefühl verging rasch wieder.

»Wenn ich gestern Abend bei Maja im Stall geblieben wäre«, sagte sie betrübt, »wäre sie nicht weggelaufen. Es ist alles meine Schuld!«

Die Suche beginnt

Die drei Freundinnen beratschlagten, was sie als Nächstes tun könnten.
Anna legte Lucy eine Hand auf die Schulter.
»Lucy, sag das nicht«, sagte sie. »Es ist nicht deine Schuld. Du hättest nicht im Stall übernachten können, dafür war es viel zu kalt.«
»Ich hätte trotzdem bei ihr bleiben können«, widersprach Lucy. »Schließlich habe ich einen Schlafsack.«
»Ich kann mir gut vorstellen, wie du dich fühlst, Lucy«, sagte Belinda. »Aber wenn du dir Vorwürfe machst, bringt uns das auch nicht weiter. Im Moment geht es nur darum, Maja wieder zu finden.«
Lucy wusste, dass Belinda Recht hatte. »Okay, dann lassen wir uns jetzt drei Möglichkeiten einfallen, wie wir sie finden könnten«, sagte sie.
»Gut, ich habe schon eine Idee«, sagte Anna. »Wir schreiben Steckbriefe und hängen sie überall in der Stadt auf.

Als die Katze meiner Schwester verschwunden war, haben wir es auch so gemacht. Und es hat funktioniert!«

»Ein Steckbrief ist eine gute Idee«, sagte Belinda.

»Besonders falls Maja noch irgendwo in der Nähe ist«, sagte Lucy. »Aber falls sie in den Wald gerannt ist, müssen wir sie selbst suchen.«

»Eine von uns könnte die Steckbriefe schreiben«, schlug Belinda vor, »während die anderen beiden im Wald suchen gehen.«

»Anna, du bist künstlerisch begabt«, sagte Lucy. »Malst du die Zettel?«

»Klar«, sagte Anna. Sie riss ein Blatt von dem Notizblock ab, der auf dem Küchentisch lag und begann sofort mit der Arbeit.

»Ich denke, wir müssen bei der Mudge Road nach Maja suchen«, sagte Lucy.

Sie nahm ebenfalls ein Blatt von dem Notizblock. Dann zeichnete sie eine Landkarte.

»Ich glaube noch immer, dass Maja vermutlich zu den Crandals laufen wollte«, erklärte Lucy. »Doch dann setzte der Schneesturm ein und sie verlief sich. Da an dieser Stelle keine Straßen und Wege nach links führen, ist Maja vermutlich nach rechts gerannt.« Lucy zeigte auf die Verlän-

gerung der Mudge Road. »Deshalb glaube ich, wir sollten hier suchen.«

»Eine gute Idee«, sagte Belinda.

»Verflixt, warum kann ich nicht den Steckbrief entwerfen und gleichzeitig mit euch suchen gehen?«, sagte Anna.

»Es ist wichtiger, dass du die Steckbriefe zeichnest«, sagte Lucy.

Anna zeigte Belinda und Lucy ihren ersten Entwurf und die beiden halfen ihr beim Buchstabieren der Wörter:

»Super«, sagte Lucy. »Wenn du ein paar solcher Poster malst und in der Stadt aufhängst, wird uns das eine große Hilfe sein, Anna.«

»Gut, dann gehe ich jetzt nach Hause und mache mich sofort an die Arbeit«, versprach Anna.
Während Anna in ihre Jacke schlüpfte, verriet Belinda den Freundinnen ihre Idee. »Charly kann uns bei der Suche helfen«, sagte sie. »Ponys haben einen hervorragenden Geruchssinn.«
»Hast du keine Angst, dass Maja ihn anstecken könnte, wenn wir sie finden?«, fragte Lucy.
»Nein«, antwortete Belinda. »Im Moment ist nichts wichtiger, als Maja zu finden. Wenn du dich verlaufen und eine ansteckende Grippe hättest, würden wir trotzdem nach dir suchen. Auch wenn wir uns anstecken könnten.«
»Stimmt, Rico und Charly wären sicher derselben Meinung«, sagte Anna.
»Danke«, sagte Lucy. »Stimmt, es ist eine sehr gute Idee, dass Charly uns begleitet. Und wenn Charly Maja findet, können wir ja dafür sorgen, dass die beiden Ponys sich nicht zu nahe kommen.«
Anna ging zur Küchentür. »Also, ich komme wieder hierher, sobald ich genügend Poster gemalt habe«, sagte sie zu ihren Freundinnen. »Viel Glück!«
Nachdem Anna gegangen war, überlegten Belinda und Lucy, was sie als Nächstes tun könnten. Belinda sollte

schnell nach Hause laufen und ihren Eltern erzählen, dass Maja verschwunden war. Dann würde sie Charly satteln und losreiten, um Lucy auf der Mudge Road zu treffen. In der Zwischenzeit würde Lucy auf der Lilac Lane und der Mudge Road nach Spuren Ausschau halten. »Aber vorher muss ich noch die Erste-Hilfe-Box und Futter für Maja einpacken«, sagte Lucy. »Das werden wir brauchen . . . falls wir sie finden.«

»Wir werden sie finden, Lucy«, versicherte ihr Belinda. »Aber warte auf jeden Fall an der Mudge Road auf mich, Lucy. Du darfst auf keinen Fall allein in den Wald gehen. Wir müssen zusammenbleiben.«

»Klar, ich werde warten«, versprach Lucy.

Belinda eilte davon.

Lucy hatte schon etwas Wasser und einen Apfel in ihrem Rucksack. Auch das Pfeifchen hing schon um ihren Hals. Aber sie brauchte noch mehr. An einem Haken in der Küche entdeckte sie drei saubere Geschirrtücher. Falls Maja sich verletzt hatte, würde sie diese Tücher als Behelfsverbandzeug benutzen können. Mrs Baxter hätte bestimmt nichts dagegen, dass sie sie auslieh. Als Nächstes ging sie in den Stall. Sie packte eilig eine Tüte Hafer, das Halfter und den Strick in ihren Rucksack.

Sie musste ihr Pony so schnell wie möglich finden.
Als sie auf die Lilac Lane zuging, dachte Lucy zerknirscht, dass sie gestern Abend sicher die Stalltür offen gelassen hatte. Nur deshalb hatte ihr Pony ausbrechen können. »Und das Tor der Koppel habe ich auch nicht verriegelt, weil ich gedacht habe, Maja würde die ganze Nacht im Stall sein. Ich war so in Eile, weil ich es kaum erwarten konnte, ins Kino zu kommen. Und deshalb habe ich mein Pony vernachlässigt.«
Lucy machte sich nicht die Mühe, die Tränen abzuwischen, die ihr über die Wangen liefen. Sollten sie ihretwegen doch dort anfrieren! Ihr geliebtes Pony war verschwunden, das war alles, was zählte!

Vermisst

Langsam ging Lucy die Lilac Lane entlang. Sie suchte nach Spuren, die sie zu Maja führen würden. Doch sie entdeckte keine. Auf der Lilac Lane bog sie nach rechts und ging die Mudge Road hinauf.

Da bemerkte sie einige Spuren im Schnee neben der Straße. Sie ging näher heran und dachte: Vielleicht hatte es schon aufgehört zu schneien, als Maja hier entlanglief. Vielleicht sind dies ja ihre Spuren und sie führen mich direkt zu ihr! Doch als Lucy die Spuren genauer untersuchte, wurde sie enttäuscht: Es waren keine Spuren von Ponyhufen. Kojoten hinterließen solche Fährten. Ein ganzes Rudel Kojoten! Was, wenn Maja sich verletzt hatte und von Kojoten aufgestöbert worden war? Lucy wusste, dass Kojoten verletztes oder geschwächtes Wild töteten. Warum nicht auch ein Pony?

Traurig und voller Angst setzte Lucy ihren Weg fort. Doch sie war mehr denn je entschlossen, ihr Pony zu finden, kos-

te es, was es wolle. Hoffentlich ließen Belinda und Charly nicht zu lange auf sich warten . . .
Lucy war schon fast bei der Stelle angelangt, wo sich die Mudge Road in die Riddle Road und die Verlängerung der Mudge Road spaltete. Sie blickte auf die dichten Wälder. Ob Maja wohl irgendwo dort drinnen war? Falls ja, warum hatte sie nicht wieder herausgefunden, nachdem es zu schneien aufgehört hatte? War sie gestürzt und hatte sich verletzt? Oder hatten die Kojoten sie schon gefunden?
Lucy erinnerte sich an etwas, was ihr Vater ihr einmal geraten hatte, als es um das Aufspüren von Tierfährten gegangen war. »Man muss sich Zeit lassen und auf alle Einzelheiten achten. Die meisten Anhaltspunkte sind nur winzig.«
Aufmerksam schaute Lucy auf die Bäume am Wegrand, während sie weiterging. Da entdeckte sie an einem niedrig hängenden Ast ein Büschel cremefarbener Haare!
Stammten diese Haare aus Majas Mähne? Lucy ging näher zu dem Baum. Sie wusste, dass die Haare auch von Wild stammen konnten. Ganz häufig hatte sie das schon gesehen. Sie löste das Büschel von dem Ast ab. Die Haare waren zu lang, als dass sie von einem Reh stammen könnten. Nachdenklich rieb sie die Haare zwischen den Fin-

gern. Sie fühlten sich genau wie Majas Mähne an. »Maja«, flüsterte Lucy und blickte suchend in den Wald hinein. »Maja, du bist hier gewesen, ich weiß es . . .«

Lucy hatte Belinda versprochen, auf der Straße zu bleiben. Und auch ihr Vater hatte ihr eingeschärft, niemals allein in den Wald zu gehen. Doch Lucy konnte nicht länger warten. Sie musste einfach weitersuchen.

Doch sie entdeckte keine neuen Spuren. Und überall lag so viel Schnee, dass sie bald nicht mehr wusste, ob sie noch auf dem Weg war oder nicht. Kein Wunder, dass Maja sich verirrt hat, dachte Lucy besorgt.

Laut rief sie Majas Namen. Dann stand sie still und lauschte, ob eine Antwort kam. Doch sie hörte nur ein Rauschen, als irgendwo der schwere Schnee von einem Ast rutschte. Lucy ging weiter.

Mit jedem Schritt wurde sie mutloser. Sie hatte keine Ahnung, wie sie Maja finden könnte. Und nun hatte sie sich auch noch verlaufen. Den Weg in die Mudge Road zurück kann ich ohne weiteres finden, wenn ich umkehre und meinen eigenen Spuren im Schnee folge, dachte sie. Aber ich will nicht zurück. Maja ist irgendwo hier im Wald. Sie kann nicht weit sein!

Lucy bekam Durst. Doch das Wasser, das sie mitgenommen hatte, wollte sie nicht trinken. Sie wollte es doch für Maja aufheben! Sie blickte nach oben und sah, dass dunkle Wolken am Himmel aufzogen. Würde es etwa wieder schneien? Dann wären ihre Spuren bald zugedeckt. Wie konnte sie dann den Weg zurück zur Mudge Road finden? Doch trotz dieser Gedanken ging Lucy weiter in den Wald hinein. Immer wieder rief sie laut: »Maja!« Doch kein vertrautes Wiehern ertönte. Einmal sah Lucy zwischen den Bäumen hindurch etwas schimmern, das wie ein liegendes, mit Schnee bedecktes Pony aussah. »Oh, Maja ist tot«, dachte sie bestürzt. Hastig drängte sich Lucy an stacheligen Hecken vorbei, um zu ihrem Pony zu gelangen. Doch der Haufen im Schnee war zum Glück nicht ihre Maja. Es war nur ein Busch, der vom Schnee niedergedrückt worden war.

Hinter diesem Busch entdeckte Lucy die Reste einer Mauer. Ich muss in der Nähe der Ridley-Farm sein, dachte sie sich. Diese Farm war seit über 150 Jahren nicht mehr bewohnt. Das Hauptgebäude und die Ställe waren längst verfallen. Übrig waren nur noch ein Haufen Steine und die Kellerräume, wo früher das Hauptgebäude gestanden hatte. Manche Leute behaupteten, auf der Ridley-Farm spuke es. Doch Lucy glaubte ja schließlich nicht an Gespenster!

Trotzdem war es kein schönes Gefühl, ganz allein in der Nähe dieser Farm zu sein. Ein Schauer lief über Lucys Rücken.
Doch sie ging tapfer weiter.
Nach einer Weile sah sie ein Misthäufchen im Schnee. Es sah aus, als könne es von einem Pony stammen. Lucy brach einen Zweig vom nächstbesten Baum ab und stocherte damit durch die gefrorene Oberfläche des Häufchens. Das Innere war noch weich. Lucys Herz machte einen Sprung. Dieses Häufchen konnte nur von Maja stammen. Bestimmt würde sich kein anderes Pony an so einem Tag hier im Wald aufhalten!
»Maja!«, rief Lucy mit lauter Stimme. »Kannst du mich hören?«, rief sie immer und immer wieder. Und sie spitzte die Ohren in der Hoffnung, ein Wiehern zu hören.
Da! Endlich! Lucy hörte etwas. Sie lauschte angestrengt. Es war eindeutig Majas Wiehern!
»Ich komme, Maja!«, rief Lucy so laut sie konnte. Maja wieherte erneut. Diesmal achtete Lucy darauf, aus welcher Richtung Majas Wiehern kam. Sie wandte sich nach rechts und eilte dem Geräusch entgegen.
Lucys Herz klopfte zum Zerspringen. Sie war aufgeregt und ängstlich zugleich. Sie hatte Maja gefunden. Doch das

Wiehern des Ponys klang heiser. War seine Krankheit wieder schlimmer geworden? Oder war Maja verletzt? Und wie konnte Lucy ihr Pony aus dem Wald führen?

SOS

Lucy rannte durch den kalten, verschneiten Wald in die Richtung, aus der Majas Wiehern gekommen war. »Ich komme!«, rief sie dabei immer wieder. Schließlich rannte sie an einer Hecke vorbei und gelangte auf eine Lichtung. Majas Wiehern klang jetzt ganz nah. Lucy blieb stehen und blickte sich um. Sie konnte Maja hören, aber nicht sehen. War es, weil ihr Pony schneeweiß war? Oder weil es unter dem Schnee begraben lag?

Nach einer Weile fiel Lucy auf, dass Majas Wiehern von sehr weit unten kam, vom Boden. Lucy ging ein paar Schritte weiter und kam an eine Grube. Hier hatte sich früher ein Kellerraum des Ridley-Farmhauses befunden. Sie blickte hinein und sah . . . Maja!

Maja hob den Kopf und erblickte Lucy ebenfalls. Das Pony stieß ein erfreutes, kurzes Wiehern aus und machte ein paar Schritte. Lucy begriff, dass Maja in diesen Kellerraum gesprungen oder gefallen sein musste und nun nicht

mehr herauskam. Glücklicherweise schien Maja nichts gebrochen zu haben. Sie wieherte erneut, als wollte sie sagen: »Wie schön, dich zu sehen, Lucy. Aber jetzt hol mich bitte endlich hier heraus!«
Lucy legte sich auf den Bauch und streckte einen Arm aus. Maja kam zu ihr. »Maja«, sagte Lucy zärtlich, »ich bin ja so froh, dass ich dich gefunden habe und dass es dir gut geht.« Sie streichelte Majas Stirn. Das Fell fühlte sich warm an. Ob Maja wieder Fieber hatte? Hatte sie einen Rückfall? Lucy musste rasch handeln!
Maja hatte vermutlich seit dem Vorabend nichts mehr gefressen und getrunken. Lucy holte die Wasserflasche und die Tüte mit dem Hafer aus ihrem Rucksack. Einen Moment lang überlegte sie, ob sie in das Loch springen sollte, um bei Maja zu sein. Doch die Seitenwände des Kellerraums waren verwittert und zudem mit Eis und Schnee bedeckt. Wenn ich da hinuntersteige, dachte sich Lucy, komme ich vielleicht nicht mehr hinauf.
Deshalb beschloss sie oben zu bleiben. Noch immer auf dem Bauch liegend, fütterte sie Maja mit dem Hafer und gab ihr einen Apfel. Maja schleckte auch das Wasser aus Lucys Handfläche. Als Maja alles aufgefressen hatte, blickte sie zu Lucy hinauf und wieherte erwartungsvoll.

Lucy spürte genau, was das Pony ihr damit sagen wollte: *Das war lecker. Aber jetzt hol mich bitte heraus.*

»Bleib ganz ruhig, Maja«, sagte Lucy. »Ich werde dich bald herausholen.« Lucy wünschte sich nichts sehnlicher, als dass ihre beiden Freundinnen jetzt bei ihr wären. Sie brauchte das Pony-Trio mit seiner Pony-Trio-Power. Vielleicht waren Belinda und Charly inzwischen auch schon im Wald. Lucy wollte schon anfangen, aus Leibeskräften Belindas Namen zu rufen, als ihr auf einmal ihr Pfeifchen einfiel.

Als sie zu ihrem ersten größeren Reitausflug aufgebrochen waren, hatte Lucys Vater jedem Mädchen des Pony-Trios ein Pfeifchen geschenkt. Sie hatten auch gleich die Signale ausgemacht. Für SOS bliesen sie einmal kurz, einmal lang und noch einmal kurz. Wenn als Antwort dann ein langer Pfiff ertönte, wusste die Betreffende, dass ihr Pfiff gehört worden und die Hilfe bereits unterwegs war. Lucy hob das rote Plastik-Pfeifchen an die Lippen und blies das SOS-Signal. Das laute Geräusch irritierte Maja sichtlich. Nervös begann sie in ihrem eisigen Schneegefängnis hin und her zu traben.

Lucy beugte sich wieder über die Grube. »Entschuldige, Maja«, sagte sie. Sie zeigte dem Pony das rote Pfeifchen

und blies noch einmal hinein, diesmal allerdings sehr leise, damit Maja sich an das Geräusch gewöhnte. Beim nächsten Mal pfiff sie wieder sehr laut. Maja bekam zum Glück keine Angst mehr.

Nach jedem SOS-Pfiff lauschte Lucy, ob eine Antwort kam. Normalerweise empfand sie die Stille in den Wäldern von Wiggins als sehr angenehm, doch heute nicht. Wer weiß, vielleicht hat Belinda ihr Pfeifchen gar nicht mitgenommen, dachte Lucy. Oder vielleicht ist sie auch zu weit weg, um mich zu hören.

Lucy kauerte sich an den Rand des Erdlochs und tätschelte Majas Kopf. »Hab keine Angst, Maja«, sagte sie beruhigend. »Bald wird Hilfe kommen.« Maja warf den Kopf zurück und wieherte leise.

Lucy lächelte zu ihrem Pony hinunter. Dann stand sie wieder auf und blies erneut in ihr Pfeifchen. Doch dabei rutschte sie aus und stürzte in die über zwei Meter tiefe Grube!

Noch etwas benommen, richtete sie sich wieder auf. Maja schubste sie sachte an die Schulter. Lucy legte die Arme um den Hals ihres Ponys. »Mir ist nichts passiert, Maja«, sagte sie. »Aber ich fürchte, jetzt stecken wir beide bis zum Hals in Schwierigkeiten.«

Lucy blickte sich in dem Kellerloch um. Eine der Wände war nicht so steil wie die anderen drei. Aber sie war immer noch zu steil und zu vereist, um daran hochzuklettern. Maja und Lucy saßen nun zu zweit in dem eiskalten Erdloch gefangen!

»So ein Pech!«, klagte Lucy. »Und es ist alles meine Schuld! Ich Dummkopf habe die Stalltür und das Tor der Koppel nicht richtig zugemacht, sodass du weglaufen konntest.

Das alles wäre nicht passiert, wenn ich gestern Nacht bei dir im Stall übernachtet hätte. Es tut mir ja so Leid, Maja!«
Wieder stupste Maja Lucy an. Das Pony spürte genau, dass es Lucy nicht gut ging, und wollte sie aufheitern.
»Maja, du hättest eine bessere Besitzerin verdient als mich«, sagte Lucy betrübt. »Jemand, der nicht so egoistisch ist und denkt, ein blöder Film sei wichtiger als ein krankes Pony.«
Doch seltsam: Jetzt, hier unten bei Maja, fühlte Lucy sich auf einmal wieder mutiger. Sie wusste, dass die Pfiffe aus ihrer Pfeife von hier unten nicht laut genug sein würden. Lucy musste unbedingt höher hinauf. Und das konnte sie schaffen, wenn sie auf Majas Rücken stieg!
»Maja«, sagte sie, »leider hatte ich meinen Rucksack nicht um, als ich gefallen bin. Deshalb habe ich jetzt kein Halfter und keinen Strick. Doch wenn ich auf deinem Rücken sitze, bin ich höher. Dann wird Belinda unseren SOS-Pfiff vielleicht irgendwann hören.«
Lucy hatte natürlich schon auf Majas nacktem Rücken gesessen, ohne Sattel. Allerdings hatte sie Halfter und Zügel gehabt. Doch jetzt hatte sie nichts. Sie führte ihr Pony zu einem großen Stein. Dann stellte sie ihren linken Fuß auf diesen Stein und schwang ihr rechtes Bein über Majas Rü-

cken. Maja blieb stehen und rührte sich nicht. Als Lucy auf dem Rücken ihres Ponys saß, beugte sie sich vor, streichelte seinen Hals und flüsterte: »Du bist das wunderbarste Pony der Welt.«

Mit einer Hand hielt Lucy sich an Majas Mähne fest, mit der anderen führte sie das Pfeifchen zum Mund. Mit aller Kraft pfiff sie das SOS-Signal und hoffte inständig, dass jemand sie hören möge.

Der Himmel war voller Sturmwolken. Lucy sah, wie die grauen Wolken sich noch mehr zusammenballten. Sie erschauerte. Es war kälter und dunkler geworden. Was würde aus ihr und Maja werden, wenn sie über Nacht in diesem eisigen Gefängnis ausharren mussten? Würde ihr Pony das überleben? Und sie selbst?

Das eisige Gefängnis

Lucy saß auf Majas Rücken und pfiff erneut das SOS-Signal. Auf einmal begann Maja zu wiehern und zu scharren. Lucy sprang vom Rücken ihres Ponys. Da hörte sie ein Pony auf Majas Ruf antworten und Belindas Stimme: »Lucy, Lucy! Wo steckst du?«

»Hier!«, rief Lucy mit lauter Stimme zurück. »Hier, in einer Grube!«

Eine Minute danach blickten Belinda und Charly zu ihr hinunter. »Lucy, ist alles in Ordnung?«, fragte Belinda besorgt.

»Mit mir ja«, antwortete Lucy. »Aber ich fürchte, Majas Krankheit ist wieder schlimmer geworden.«

»Wie ist sie da hinuntergekommen?«, fragte Belinda.

»Keine Ahnung«, antwortete Lucy. »Wahrscheinlich ist sie hineingefallen, genau wie ich auch.«

Belinda band Charly an einem Baum fest. Dann beugte sie sich hinunter und streckte eine Hand aus. »Wenn ich dich festhalte, kannst du bestimmt herausklettern«, sagte sie.

Lucy verschränkte die Arme hinter dem Rücken und schüttelte den Kopf.

»Nein, ich bleibe bei Maja«, sagte sie. »Wenn ich herausklettere, wird sie versuchen, mir zu folgen. Und dabei könnte sie sich ein Bein brechen.«

»Warum hast du nicht unten an der Straße auf mich gewartet?«, fragte Belinda vorwurfsvoll.

»Und du – warum hast du mich so lange warten lassen?«, gab Lucy zurück.

»Ich wollte auf meine Eltern warten, damit sie uns helfen«,

sagte Belinda. »Meine Mutter war mit meiner Schwester und meinem Bruder unterwegs. Und mein Vater hat gerade ein Pferd operiert. Dabei konnte ich ihn nicht stören. Deshalb hab ich ihm einen Zettel dagelassen, er soll uns anrufen, sobald er fertig ist.«

»Uns anrufen?«, rief Lucy erstaunt aus. »Hier, mitten im Wald?«

Stolz strich Belinda über ihre Brusttasche. »Ich hab mir sein Handy ausgeborgt«, erklärte sie. »Ich glaube nicht, dass es ihm etwas ausmacht. Schließlich ist das ein Notfall.«

»Belinda!«, rief da eine Mädchenstimme in der Ferne. Gefolgt wurde dieser Ruf vom Wiehern eines Ponys. Lucy erkannte sowohl die Stimme als auch das Wiehern. Es waren Anna und Rico!

»Wo ist Lucy?«, rief Anna Belinda zu.

»Anna, ich bin hier unten!«, rief Lucy zurück.

Auf Ricos Rücken kam Anna bis an den Rand des Kellerraums und blickte herunter.»Wow! Du hast Maja gefunden!«, rief sie begeistert aus. »Oh, Maja, wir haben uns ja solche Sorgen um dich gemacht!«

»Ich bin froh, dass du hier bist. Zu zweit könnt ihr uns sicher hier herausholen«, sagte Lucy.

»Anna, wie hast du es so schnell hierher geschafft?«, fragte Belinda.
»Ich habe nur einen Steckbrief gezeichnet«, erklärte Anna, während sie von Ricos Rücken stieg. »Meine Schwester hatte die tolle Idee, einfach Kopien zu machen! Aber das brauchen wir jetzt zum Glück ja nicht mehr. Denn Maja ist ja wieder da!«
»Aber wie hast du uns gefunden?«, fragte Lucy.
»Ich bin einfach den Spuren im Schnee gefolgt«, meinte Anna.
»Wir müssen Maja hier herausholen«, sagte Lucy. »Sie ist erschöpft. Und ich glaube auch, dass sie wieder Fieber hat.«
»Mein Vater hat gesagt, Maja brauche viel Wärme, solange sie krank ist«, sagte Belinda. »Es ist sicher nicht gut für sie, so lange hier in der Kälte zu stehen.«
Rico ging etwas näher an den Rand des Kellerlochs und blickte auf Maja hinunter. Maja blickte zu ihm hinauf. Anna packte Ricos Zügel, damit er sich nicht noch näher an den Rand wagte.
»Anna, du bindest Rico am besten zu Charly an den Baum«, sagte Belinda.
Nachdem Rico sicher angebunden worden war, besprachen die drei Mädchen, wie sie Maja aus dem Erdloch ho-

len könnten. Belinda zeigte Anna ihr Handy. »Das war eine Superidee«, sagte Anna. »Aber ich hoffe, dein Vater beeilt sich und ruft uns rasch an. Wir brauchen seine Hilfe dringend.«

»Nun, im Moment sind wir auf uns allein gestellt«, sagte Belinda. »Wir müssen uns etwas einfallen lassen. Jede Minute, die Maja noch länger dort unten ist, ist schlecht für sie.«

»Hm, ein Schneemobil könnte Maja vielleicht herausziehen«, meinte Anna. »Wir bräuchten nur ein paar Seile und eine große Decke.«

»Aber dafür müssten wir Maja zuerst ruhig stellen«, gab Belinda zu bedenken. »Und dann wäre sie zu müde, um den weiten Weg zurückzugehen. Und wir können sie unmöglich durch den Wald schleppen.«

»Aber die Idee mit dem Schneemobil ist großartig, Anna«, sagte Lucy. »Mit dem Schneemobil könnte jemand Salz und Sand herbringen. Wenn wir das an den Wänden verteilen, schmilzt das Eis. Und dann könnten wir Maja mit dem Halfter und den Zügeln herausführen.«

»Wir haben massenhaft Sand und Salz zu Hause«, sagte Belinda. »Und mein Vater könnte Mr Trono, unseren Nachbarn, bitten, mit seinem Schneemobil herzukommen.«

Lucy zeigte auf die Wand, die nicht ganz so steil war wie die anderen. »Wenn wir das Salz und den Sand auf diese Wand streuen, könnte Maja hier vielleicht herausklettern«, sagte sie.

In diesem Moment drehten Charly und Rico den Kopf in Majas Richtung und begannen zu wiehern und schnauben.

Maja stampfte und hob den Kopf, während sie ihren beiden Ponyfreunden antwortete.

»Ich fürchte, ich werde Maja nicht mehr lange zurückhalten können«, sagte Lucy. »Ich habe ein Halfter und ein Seil in meinem Rucksack. Werft es zu mir herunter, damit ich sie anbinden kann.«

Charly und Rico schnaubten erneut. Und Maja antwortete ihnen. Sie schien jetzt sehr aufgeregt.

Hastig warf Anna das Halfter und das Seil zu Lucy hinunter. Doch noch ehe Lucy sie aufheben konnte, begann Maja wie wild durch ihr enges Gefängnis zu stürmen. Lucy konnte sich unmöglich bücken, um die Sachen aufzuheben, während das Pony so aufgeregt war. Sie musste sich vor seinen Hufen in Acht nehmen. »Pass auf, Lucy!«, rief Belinda warnend von oben.

Charly und Rico schnaubten und wieherten weiter.

Maja stampfte und wieherte zurück.
»Maja!«, rief Lucy besorgt. »Hör auf! Bitte, hör auf damit!«
Doch Maja hörte nicht auf sie. Sie hörte nur noch auf ihre Ponyfreunde. Und sie wollte unbedingt zu ihnen. Nun drehte sie sich zu der am wenigsten glatten Wand. Sie machte einen Schritt rückwärts, schnaubte noch einmal und stürmte dann los.
»Oh, nein!«, rief Anna entsetzt aus. »Sie wird versuchen herauszuklettern.«
»Lucy, pack sie an der Mähne!«, rief Belinda.
Doch es war bereits zu spät. Maja war nicht mehr zu bremsen.
Die Wand war sehr steil und sehr glitschig. Maja hätte ohne weiteres stürzen und sich ein Bein brechen können. Die drei Mädchen standen mit weit aufgerissenen Augen da und hielten die Luft an.

Du schaffst es!

Maja kam an der vereisten Steinwand ins Rutschen. Wenn das Pony es nicht sofort beim ersten Anlauf schaffte, würde es abstürzen. Lucy begriff, dass das Pony-Trio nur eines tun konnte, um dem Pony zu helfen: Sie mussten es anfeuern!

»Du schaffst es, Maja!«, rief Lucy. »Ich weiß, dass du es schaffen wirst!«

Charly und Rico unterstützten Maja mit lautem Gewiehere.

»Komm schon, Maja!«, brüllte Belinda. »Gleich hast du es geschafft!«

»Weiter, Maja!«, rief auch Anna.

Maja schaffte es tatsächlich bis nach oben und kletterte ohne fremde Hilfe aus dem Erdloch. Belinda und Anna wollten ihr um den Hals fallen. Doch Maja ignorierte sie und trabte sofort zu ihren Ponyfreunden hinüber.

»Ist mit Maja alles in Ordnung?«, rief Lucy zu Belinda und Anna hinauf.

»Sie hat einen kleinen Riss an der Schulter«, antwortete Belinda. »Aber das ist kein Grund zur Sorge.«
»Haltet sie besser von den anderen Ponys fern«, rief Lucy. »Wegen der Ansteckung.«
Doch Maja ließ die anderen Ponys schon wieder stehen. Sie kam zu dem Kellerloch zurück und wieherte zu Lucy hinab, als wollte sie sagen: *Hey, was machst du noch immer dort unten? Komm doch auch herauf!*
»Haltet sie fest!«, rief Lucy. »Sonst fällt sie noch einmal hinein.«
»Geht nicht«, rief Belinda zurück. »Sie hat kein Halfter um.«
»Ich habe ein paar Leckereien in meinem Rucksack«, sagte Anna. »Damit kann ich sie ablenken.«
Lucy hatte Majas Halfter und Strick inzwischen aufgehoben. Sie verschnürte sie zu einem dicken Knoten und warf sie nach oben zu Belinda. Sie musste es insgesamt dreimal versuchen, doch schließlich war es geschafft. Belinda gab das Halfter und den Strick an Anna weiter.
»Ich sollte vielleicht besser auch langsam hier raus«, sagte Lucy.
Belinda legte sich in den Schnee und streckte ihren Arm zu Lucy hinunter. Doch ihre Hände berührten sich nicht. Das

Loch war zu tief. »Moment mal«, meinte Belinda. »Ich habe auch noch einen Strick in meiner Satteltasche.«
Lucy blickte auf die glitschige Wand, die Maja vorhin hinaufgestürmt war. Sie sah die Blutstropfen, die Maja hinterlassen hatte, als sie sich geschnitten hatte. Da dachte sie sich: Ich muss doch auch so mutig sein wie mein Pony!
Belinda streckte sich wieder im Schnee aus und warf ein Ende des Stricks zu Lucy hinunter. Daran hielt Lucy sich gut fest, während sie ihren Fuß auf den niedrigsten vorstehenden Mauerstein stellte. Dann arbeitete sie sich vorsichtig von einem rutschigen Mauerstein zum nächsten hinauf.
Maja wieherte Lucy zu, als wollte sie sagen: *Komm schon, du schaffst es!*
Als Lucy oben angekommen war, fiel sie ihrem Pony um den Hals. Sie waren beide gerettet!
Doch Lucy war nur für kurze Zeit glücklich. Majas Fell fühlte sich heiß an, das Pony keuchte. Hatte sich seine Krankheit wieder verschlimmert?
Ein melodisches Piepen ließ die Mädchen und die Ponys zusammenzucken. »Was ist das?«, fragte Anna verwundert.
Belinda kicherte. »Das Handy«, sagte sie.

Sie nahm es aus ihrer Tasche. »Hallo, Paps«, sagte sie. Dann erzählte sie ihm von ihrem Abenteuer, von dem Kellerraum und dass Maja herausgeklettert war, um zu Charly und Rico zu gelangen, und auch, dass Lucy mit Hilfe eines langen Stricks wieder nach oben geklettert war.

»Kann ich ihn kurz sprechen?«, fragte Lucy. Dann erzählte sie Dr. Crandal, dass Maja wieder Fieber hatte und zitterte.

»Bringt sie sofort hier in die Praxis«, meinte Dr. Crandal. »Dann untersuche ich sie gründlich.«
»Ich habe Angst, dass Charly und Rico sich unterwegs anstecken könnten«, sagte Lucy.
»Versucht sie möglichst voneinander wegzuhalten«, sagte der Tierarzt.
Lucy verabschiedete sich von Dr. Crandal und gab Belinda das Handy zurück. Dann tätschelte sie Majas Kopf. »Tut mir Leid, meine Süße«, sagte sie, »aber du darfst noch immer nicht mit deinen Freunden zusammen sein.« Dann wandte sie sich an Belinda und Anna: »Wir sollen Maja sofort in die Tierklinik bringen.«
Die drei Mädchen führten ihre Ponys durch den stillen, verschneiten Wald. Lucy und Maja gingen voraus. Nach einer Weile wandte Lucy den Kopf und rief Belinda und Anna zu: »Hey, ihr habt doch Sättel. Dann könnt ihr doch reiten. Ich werde mit Maja euren Spuren folgen.«
»Nein, ich begleite dich«, sagte Anna.
»Ich auch«, meinte Belinda. »Wir bleiben besser alle zusammen.«
Belinda und Anna unterhielten sich aufgeregt über ihr Abenteuer. Doch Lucy schwieg. Sie machte sich Sorgen um Maja.

Als sie bei den Crandals ankamen, führten Belinda und Anna ihre Ponys in den Stall. Lucy ging mit Maja direkt in die Praxis. Dr. Crandal erwartete sie schon.
»Hallo, Maja«, sagte er. »Wie ich höre, hast du ein aufregendes Abenteuer hinter dir. Dann wollen wir dich mal anschauen.«
Dr. Crandal lächelte Lucy zu und tätschelte ihre Schulter. »Du siehst auch ein bisschen mitgenommen aus, Lucy.«
»Ist schon in Ordnung«, meinte Lucy.
Dr. Crandal führte Maja in sein Untersuchungszimmer und band sie gut fest. Lucy konnte zuschauen, wie er Majas Temperatur maß, ihr in den Hals und die Nase schaute und schließlich ihre Drüsen abtastete.
Dr. Crandal war gerade mit der Untersuchung fertig, als Belinda und Anna hereinkamen. »Und, wie geht es Maja, Papa?«, fragte Belinda.
»Ganz gut«, antwortete Dr. Crandal. Er lächelte Lucy zu. »Das Schlimmste hat sie überstanden. Sie ist nur etwas unterkühlt und erschöpft. Da ihr zu Hause nur einen offenen Unterstand habt, ist es besser, wenn du Maja über Nacht hier lässt. Eine warme Decke, ein warmer Brei und viel Schlaf werden Wunder bewirken.«
»Kann Lucy morgen wieder auf ihr reiten?«, fragte Anna.

»Klar«, antwortete Dr. Crandal. »Aber ihr solltet sie nicht gleich überanstrengen. Es dürfte noch ein paar Tage dauern, bis sie wieder hundertprozentig in Form ist.« Und schon ging Dr. Crandal ins Wartezimmer, um den nächsten Patienten zu holen.

»Super!«, rief Belinda aus. »Wir haben Maja wieder! Und sie ist wieder gesund.«

»Dann können wir morgen ja doch zu einem kleinen Ausritt aufbrechen!«, sagte Anna zufrieden.

Belinda und Anna hoben ihre rechte Hand, um die Handflächen aneinander zu schlagen. Doch Lucy machte keine Anstalten, es ihnen gleich zu tun. Sie rannte nach draußen. Sie wollte nicht, dass ihre Freundinnen sahen, dass sie weinte. Für sie war längst nicht alles in Ordnung! Sie hatte Maja allein gelassen und die Stalltür nicht richtig zugemacht! Und das Tor der Koppel hatte sie auch offen stehen lassen. Um ein Haar hätte sie ihr Pony umgebracht . . .

Ein Brief

Belinda und Anna rannten ihrer Freundin nach. Lucy saß auf dem Zaun der Koppel und weinte.
»Was ist los, Lucy?«, fragte Anna verwundert.
»Das könnt ihr nicht verstehen«, flüsterte Lucy. »Es ist meine Schuld, dass Maja weglaufen konnte.«
»Unsinn«, widersprach Belinda.
Doch Lucy weinte weiter.
»Ich habe eine Idee«, sagte Belinda. »Maja übernachtet heute hier und Rico ist auch da. Deshalb würde ich vorschlagen, dass wir drei heute alle hier in der Scheune übernachten. In Mamas Büro gibt es eine Heizung.«
»Toll! Dann können wir morgen früh von hier aus zu unserem Ausritt starten«, sagte Anna.
»Das geht nicht«, sagte Lucy. »Meine Großmutter will, dass ich heute zu Hause schlafe.«
»Wenn du ihr erzählst, was wir heute alles erlebt haben, wird sie dich bestimmt hier übernachten lassen«, sagte Anna.

Lucy schüttelte den Kopf.

»Nein, ich gehe lieber nach Hause.«

Lucy sah, dass Belinda und Anna einen erstaunten Blick austauschten.

Doch sie sprachen nicht mehr von einer gemeinsamen Übernachtung.

Nachdem Lucy Maja in einer Box im Stall der Crandals untergebracht hatte, gingen die drei Freundinnen in Mrs Crandals Büro.

Anna rief ihre Schwester an, um ihr zu sagen, dass sie Maja inzwischen gefunden hatten.

Belinda rief Mrs Baxter an, um auch ihr die frohe Nachricht mitzuteilen. Lucy kochte inzwischen einen warmen Brei für Maja.

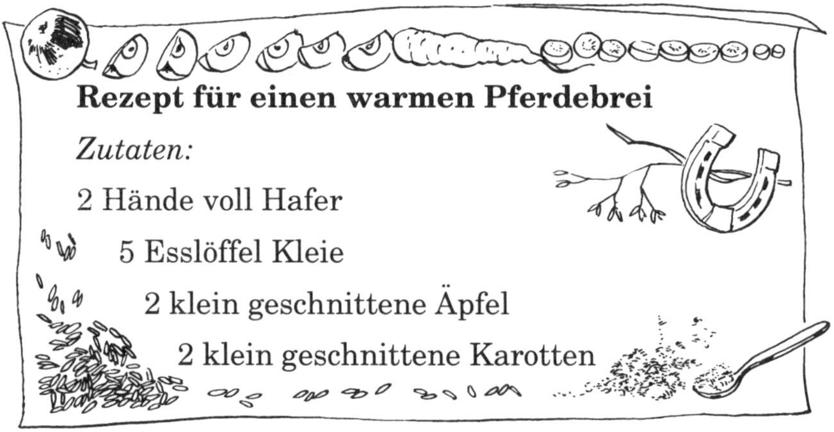

Rezept für einen warmen Pferdebrei

Zutaten:

2 Hände voll Hafer

5 Esslöffel Kleie

2 klein geschnittene Äpfel

2 klein geschnittene Karotten

Anna half Lucy, den Brei zuzubereiten. »Ich warte, bis du auch nach Hause gehst«, sagte sie. »Rico und ich werden dich zu Fuß begleiten. Es wird schön sein auf unserem Pony-Trio-Pfad, mit all dem Schnee.«

»Ich werde Großmutter anrufen und sie fragen, ob sie mich mit dem Auto abholt«, sagte Lucy. »Ich bin ziemlich müde.«

»Du kannst doch auf Rico reiten und ich gehe zu Fuß nebenher«, schlug Anna vor.

»Nein, Großmutter soll mich abholen«, sagte Lucy. Dann nahm sie den Brei und ging damit zu Maja.

Lucy fütterte ihr Pony und legte ihm die warme Decke um. Danach umarmte sie es. »Ich habe dich sehr, sehr lieb, Maja«, sagte sie. »Das alles tut mir sehr Leid.«

Lucy blieb noch bei ihrem Pony, bis ihre Großmutter kam,

um sie abzuholen. Anna und Belinda begleiteten sie bis zum Auto. Lucy stieg ein.
»Bis morgen«, rief Belinda ihr nach.
»Vergiss unseren Ausritt nicht!«, fügte Anna hinzu.
»Tschüss«, sagte Lucy.
Großmutter Sanders war keine große Pferdefreundin. Doch sie wusste, wie sehr Lucy an ihrem Pony hing. »Jetzt erzähl schon! Was ist denn genau passiert?«, fragte sie. Und Lucy erzählte. Nur die ganz schlimmen Sachen ließ sie aus . . . Als Lucy mit ihrer Geschichte zu Ende war, seufzte Großmutter Sanders. »Lucinda, wenn du wüsstest, wie ähnlich du deiner Mutter bist! Sie war genauso versessen auf Pferde wie du!«
Ihr Vater hatte Lucy schon viel von ihrer Mutter erzählt. Deshalb wusste sie, dass ihre Mutter Pferde sehr geliebt hatte. Mutter hat bestimmt besser für ihre Tiere gesorgt, dachte Lucy traurig. Jemand, der so verantwortungslos ist wie ich, hat kein Pony verdient!
Als es Zeit war, zu Bett zu gehen, stand Lucys Entschluss fest. Sie setzte sich an ihren Schreibtisch, nahm ihren Notizblock und Füller. Sie begann einen Brief zu schreiben:

Liebe Mrs Crandal,

ich möchte Ihnen meine Maja schenken. Sie können sie bestimmt gut für Ihre Reitschule brauchen.
Maja und Charly sind gute Freunde. Ich weiß, dass es Maja bei Ihnen gefallen wird. Ich weiß auch, dass Sie sehr gut für Ihre Tiere sorgen. Bei Ihnen wird sie es gut haben. Ihr wird nichts passieren.
Bitte lassen Sie mich wissen, ob Sie Maja übernehmen möchten.

Mit freundlichen Grüßen
Lucy Sanders

Lucy faltete den Brief zusammen und steckte ihn in einen Umschlag. Dann ging sie zu Bett und weinte sich in den Schlaf.

Am nächsten Morgen wachte Lucy erst auf, als an ihre Tür geklopft wurde.
»Lucinda«, rief Großmutter Sanders durch die geschlossene Tür. »Anna hat angerufen. Es ist Zeit für euren Ausritt.«
Lucy öffnete die Augen und blinzelte verschlafen auf ihren

Wecker. Es war schon neun Uhr. Rasch schlüpfte sie in ihren Morgenmantel und ging nach unten in die Küche. Anna stand bereits vor der Tür. Lucy ließ sie herein.
»Hey, du Murmeltier!«, sagte Anna grinsend. »Ich bin schon seit Stunden auf den Beinen. Ich glaube, Rico spürt, dass wir heute einen Ausritt machen. Er ist schon richtig aufgeregt. Zieh dich endlich an, schnell!«
»Ich komme nicht mit«, sagte Lucy. »Ich glaube, Maja braucht noch einen Tag Ruhe.«
»Aber Dr. Crandal hat doch gesagt . . .«
»Außerdem ist mir heute nicht nach Reiten«, fügte Lucy hinzu.
»Ach was! Du bist doch immer ganz verrückt auf Ausritte«, sagte Anna kopfschüttelnd.
»Ich will aber nicht mitkommen und ich will auch nicht darüber reden«, sagte Lucy dickköpfig.
Anna runzelte die Stirn. »Na schön, wenn du meinst . . .«, sagte sie traurig.
Lucy griff in die Tasche ihres Morgenmantels und zog einen zugeklebten Briefumschlag heraus. »Würdest du das bitte Mrs Crandal geben?«, sagte sie.
Anna nahm den Umschlag entgegen und betrachtete ihn verwundert.

»Was ist da drin?«, fragte sie.
»Nur ein Brief«, sagte Lucy kurz angebunden.
Lucy konnte es nicht erklären.
Niemand würde sie verstehen. Nicht einmal ihre beiden besten Freundinnen.

Der Samtrock

Nachdem Anna wieder gegangen war, saß Lucy am Küchentisch und starrte hinaus auf den Garten.
Ihre Großmutter war überrascht, als sie sie da sitzen sah.
»Wolltest du heute nicht zusammen mit deinen Freundinnen eine größere Tour machen?«, fragte sie.
Lucy schüttelte nur den Kopf.
»Hast du denn etwas anderes vor?«, fragte Großmutter Sanders.
»Nein, ich bleibe heute zu Hause«, sagte Lucy.
»Na so was!«, rief die Großmutter aus. »Das ist aber eine Überraschung. Aber ich habe schon etwas geplant für heute. Zuerst gehe ich mit Mrs Addison zum Brunch ins *Off-Main Diner* und anschließend in ein Konzert. Willst du mitkommen?«
»Meinetwegen«, sagte Lucy.
Etwas später, als Lucy aus der Dusche kam, wartete ihre

Großmutter unten im Flur schon auf sie. »Belinda hat vorhin angerufen«, sagte sie.
»Ist mit Maja alles in Ordnung?«, fragte Lucy.
»Belinda meinte, sie sei wie neugeboren. Und sie wollte wissen, wann du kommst, damit sie losreiten können.«
»Hast du ihr gesagt, dass ich nicht komme?«, wollte Lucy wissen.
»Nein, aber ich habe ihr erzählt, dass du mit mir ausgehst«, antwortete die Großmutter.
»Gut«, sagte Lucy.
Ihre Großmutter lächelte. »Lucinda, mein Schatz«, sagte sie, »würdest du bitte den hübschen Samtrock und den Pullover mit dem Spitzenkragen anziehen, den ich dir gekauft habe? Du siehst so reizend darin aus.«
Lucy war es völlig egal, was sie tat oder was sie anzog. Deshalb zog sie sich so an, wie es ihrer Großmutter gefiel. Sie ließ sich von ihr sogar ein breites Samtband in die Haare binden.
Sonntags zum Brunch war das *Off-Main Diner* immer sehr voll. Doch Mrs Harley sorgte dafür, dass ihre Nachbarn einen guten Platz bekamen. Sie führte Großmutter Sanders und Lucy zum Lieblingstisch des Pony-Trios im hinteren Teil des Lokals.

»Lucy, ich dachte, du machst heute einen Ausritt mit Anna und Belinda«, sagte Mrs Harley erstaunt.

»Nein, ich möchte mich heute ausruhen«, antwortete Lucy.

Während des Essens hörte Lucy nur mit halbem Ohr zu, was Mrs Addison und ihre Großmutter sich erzählten. Und sie aß auch nur die Hälfte ihrer Pommes frites auf. In Gedanken war sie nur bei Maja. Ob Maja sie vermissen würde? Am Anfang vielleicht, dachte sie. Aber schließlich wohnt sie jetzt bei Charly und Menschen, die sie schon kennt und bei denen sie in guten Händen sein wird.

Großmutter Sanders, Mrs Addison und Lucy wollten gerade gehen, als Belinda und Anna in das Lokal gelaufen kamen. Sie eilten geradewegs an ihren Tisch.

»Oh, seid ihr zwei nicht schon längst unterwegs?«, fragte Lucy überrascht.

»Es gibt Wichtigeres zu tun«, sagte Anna. »Wir müssen ein Pony-Trio-Problem lösen.«

»Die erste Besprechung hat bereits stattgefunden«, fügte Belinda hinzu.

Lucy wusste, dass sie das Pony-Trio-Problem war und dass es bei der Besprechung um sie gegangen war. Sie fragte sich, ob ihre Freundinnen schon begriffen hatten, dass sie in Zukunft nicht mehr zum Pony-Trio gehören würde. Weil sie die Bezeichnung *Ponyfreundin* nicht mehr verdient hatte.

»Die nächste Besprechung wird gleich stattfinden«, sagte Anna. »Aber dafür brauchen wir dich.«

»Ich muss zu einem Konzert«, sagte Lucy.

»Lucy Sanders, das ist die wichtigste Besprechung, die wir jemals gehabt haben«, sagte Belinda sehr ernst.

»Kann es nicht bis morgen nach der Schule warten?«, fragte Lucy.

»Nein!«, riefen Belinda und Anna wie aus einem Mund. Sie sagten es so laut, dass alle Gäste im Lokal zu ihnen herüberstarrten.

»Lucinda, ich glaube, du solltest an dieser Besprechung teilnehmen«, sagte ihre Großmutter. »Du bist heute nicht ganz du selbst. Vielleicht wissen deine Freundinnen ein Mittel, um deine schlechte Laune zu verbessern.«

Nachdem Großmutter Sanders und Mrs Addison gegangen waren, setzten sich Belinda und Anna zu Lucy an den Tisch und die Besprechung begann.

»Ahnst du, worum es bei unserer Besprechung vorhin ging?«, fragte Belinda.

»Wahrscheinlich darum, dass ich Maja deiner Mutter geschenkt habe«, sagte Lucy leise.

»Warum willst du Maja verschenken?«, fragte Anna.
»Anna, das weißt du doch«, sagte Lucy gequält. »Maja wäre niemals weggelaufen, wenn ich nicht so dumm gewesen wäre. Es war alles meine Schuld. Ich habe ein so wunderbares Pony wie sie nicht verdient. Deshalb habe ich mich zu diesem Schritt entschlossen. Und ihr könnt sagen, was ihr wollt – ihr werdet mich nicht davon abbringen.«
Lucy erhob sich. »Falls Belindas Mutter Maja nicht haben möchte«, sagte sie, »werde ich Mr Olson bitten, sie zu verkaufen.«
Anna packte Lucy am Rockzipfel. »Du kannst nicht einfach

so gehen«, sagte sie. »Du musst bleiben und dir anhören, was wir zu deinem Problem zu sagen haben.«

»Lass mich!«, fauchte Lucy und versuchte sich loszureißen. Doch Anna ließ nicht locker. Auf einmal machte es laut »ratsch« – und Lucys Rock hatte einen langen Riss.

»Du setzt dich besser wieder«, sagte Belinda trocken. »Bevor du in Unterhosen dastehst.«

2 + 1 Ideen

Lucy blieb nichts anderes übrig, als sich wieder zu setzen.

Belinda reichte ihr ein Blatt Papier. »Hier meine Lösung zu unserem Lucy-Problem«, sagte sie. »Lies sie bitte laut vor!«

»Lies doch selbst vor!«, sagte Lucy wütend.

Lucy, es ist nicht deine Schuld,
dass Maja weglaufen konnte.
Du hast die Tür nicht
offen stehen lassen.
Maja hat das Schloss
kaputt gemacht.

»Woher willst du wissen, dass Maja das Schloss kaputt gemacht hat?«, fragte Lucy. »Das hast du doch nur erfunden, um mich zu trösten.«

»Nein, habe ich nicht«, widersprach Belinda. »Ich würde niemals lügen.«

»Belinda und ich waren vorhin bei den Baxters und haben es mit eigenen Augen gesehen«, sagte Anna. »Wir haben gesehen, dass das Schloss aus dem Holz gerissen war.«

»Wir zeigen es dir gerne, falls du uns nicht glaubst«, sagte Belinda achselzuckend. »Mrs Baxter hat gesagt, das Holz der Tür müsse morsch gewesen sein. Und dass es ihr sehr Leid tut.«

»Und selbst wenn du die Stalltür nicht abgeschlossen hättest«, erklärte Anna weiter, »wäre das noch lange kein Grund, Maja herzugeben. Jeder macht mal einen Fehler.«

»Aber ich wusste, dass Maja sich an diesem Abend sehr einsam gefühlt hat, und bin trotzdem nicht bei ihr geblieben«, sagte Lucy betrübt.

»Na und?«, meinte Belinda. »Jeder fühlt sich ab und zu mal einsam. Auch Ponys. Du machst einen Riesenwirbel um nichts. Das meint meine Mutter übrigens auch.«

»Okay, und nun schau dir meine Lösung an!«, sagte Anna.

Lucy betrachtete Annas Zeichnung. Sie war auf einmal nicht mehr wütend. Ihre Freundinnen hatten Recht! Sie durfte Maja nicht hergeben! Aber so rasch wollte sie vor Belinda und Anna nicht zugeben, dass sie dabei war, ihre Meinung zu ändern.

»Aber es stimmt noch nicht alles«, sagte Lucy.

»Wieso?«, fragten Belinda und Anna.

»Immer, wenn wir vor einem Problem stehen, denken wir uns drei Lösungen aus, nicht zwei. Deshalb muss ich mir nun auch eine Lösung ausdenken.« Lucy griff nach Annas Papier, drehte es um und schrieb etwas auf die Rückseite. Danach legte sie das Blatt mitten auf den Tisch. Das Pony-Trio las Lucys Lösung laut vor.

6 Augen sehen mehr als 2

»Es tut mir Leid, dass ich nicht auf Belinda gewartet habe, ehe ich mich auf die Suche nach Maja machte«, sagte Lucy kleinlaut. »Ich hätte nicht allein in den Wald gehen dürfen.«

»Wenn mein Pony weggelaufen wäre«, sagte Belinda, »hätte ich vielleicht genauso gehandelt.«

»Ich auch«, meinte Anna.

»Aber wir sollten immer daran denken, dass wir am besten sind, wenn wir alle drei zusammenarbeiten«, sagte Belinda.

»Lucy, du hast uns einen gehörigen Schreck eingejagt«, sagte Anna. »Ich hatte echt Angst, du würdest uns nicht zuhören. Manchmal kannst du ganz schön dickköpfig sein.«

»Ich hatte das Gefühl, gar nicht mehr zum Pony-Trio zu gehören«, sagte Lucy. »Es ist ein schreckliches Gefühl, glaubt mir.«

»Mit diesem Samtband im Haar siehst du ehrlich gesagt auch gar nicht wie ein Mitglied des Pony-Trios aus«, sagte Anna kichernd.

»Und in diesem merkwürdigen Rock . . .«, fügte Belinda hinzu.

Lucy betrachtete ihr Spiegelbild in dem großen Fenster

des Lokals und musste auch lachen. »Ich verstehe, was ihr meint!«, sagte sie.
»Wir haben noch genügend Zeit für unseren Ausritt«, sagte Belinda. »Komm schon! Gehen wir!«
»Ich kann doch nicht aufstehen«, sagte Lucy bedauernd. »Mein Rock . . .«
Anna marschierte in die Küche und holte ein paar Sicherheitsnadeln. Damit reparierten sie Lucys Rock. Dann zogen sich die drei Freundinnen ihre Jacken an und verließen das Lokal.
Als Lucy zur Tür hinausging, sah sie, dass die drei Ponys am Fahrradständer vor dem Lokal angebunden waren.
»Maja!«, rief Lucy erfreut aus. »Wie bist du hergekommen?«
Maja blickte auf und wieherte.
»Wir sind geritten und haben Maja hinter uns hergeführt«, erklärte Belinda.
Lucy rannte zu Maja und fiel ihr um den Hals. »Wie konnte ich nur auf die dumme Idee kommen, dich wegzugeben!«, sagte sie leise.
»Wir gehen am besten schnell zu dir, damit du dich umziehen kannst«, sagte Belinda. »Im Rock kann man nicht reiten.«
»Oh doch«, sagte Lucy. »Meine Schuhe haben flache Absät-

ze. Und ich wette, ihr habt auch meinen Reithelm mitgebracht.«

Lachend öffnete Belinda ihren Rucksack. Sie holte Lucys Helm heraus und reichte ihr diesen.

Die drei Mädchen setzten ihre Helme auf und banden ihre Ponys los.

Lucy setzte ihren linken Fuß auf den Steigbügel und schwang sich auf Majas Rücken. »Und los geht's!«, rief sie. Die drei Freundinnen lenkten ihre Ponys aufeinander zu und schlugen ihre Handflächen aneinander.

Die Ponys wieherten zufrieden. Lucy lenkte Maja zur Straße. Ihr war klar, dass sie in ihrem Aufzug merkwürdig aussah: mit Rock und ihren feinsten Schuhen! Doch das war ihr ganz egal. Sie saß endlich wieder auf ihrem Pony!